AF259584

1ᵉʳ NUMÉRO.

PIÈCE EN UN ACTE, PRÉCÉDÉE D'UN PROLOGUE,

Avec ascension de ballon, danse bosjesmane, lutte, pugilat, etc.,

Le tout éclairé par une lanterne-phare entièrement obscure.

PAR

C. Lemercier de Neuville.

PRIX : 50 CENT.

ROUEN,
IMPRIMERIE DE H. DENAUX,
Rue de l'Hôpital, 24.

A Mr James, hommage de l'auteur
Lemercier de Neuville

REVUE ROUENNAISE,

1er NUMÉRO,

PIÈCE EN UN ACTE, PRÉCÉDÉE D'UN PROLOGUE,

Avec ascension de ballon, danse bosjesmane, lutte et pugilat, etc.; le tout éclairé par une lanterne-phare entièrement obscure,

Par L. Lemercier de Neuville.

PERSONNAGES.

M. BALANÇOIRE, bonnetier retiré, de Paris.		MM. PALAISEAU.
LE CIRQUE IMPÉRIAL.		VÉZIAN.
LA FOIRE S.-ROMAIN.	Arpin.	JAMES.
	Un Prestidigitateur.	DELVIL.
	Un Charlatan italien.	BÉRET.
	Un montreur de Bosjesmans.	TONY.
LA BANQUE D'ÉCHANGE.		EDMOND.
OSCAR, amoureux d'Euphrasie.		FÉLIX DURIEZ.
LE TREMBLEMENT DE TERRE DU 1er AVRIL.		CLÉMENT.
BIBOCHARD.		DELAUNAY.
LE THÉATRE-DES-ARTS.		DESFOSSEZ.
L'ANNÉE 1853.		Mmes EDMOND.
L'ANNÉE 1854.		FÉLIX.
LA VILLE DE ROUEN.		EUDOXIE.
LE GRÊLON DU 9 JUILLET.		CHOLLET.
LE THÉATRE-FRANÇAIS.		DAUBRAY.
UNE BOSJESMANE.		DELILLE
LE MI-PRIX.		FONTAINE.
LE CACHET.		EVRAR.
EUPHRASIE, femme de M. Balançoire.		IRMA.
M. DENIS.		PETITE PRESSUROT.
Mme DENIS.		
JUSTINE.		MARIE.

Spectateurs, Sauvages bosjesmans, Actionnaires de la Banque d'Échange, etc.

La scène est à Rouen.

REVUE ROUENNAISE,

1er NUMÉRO,

PIECE EN UN ACTE, PRECEDEE D'UN PROLOGUE,

Avec création de ballon, danse bohémienne, lutte et pugilat, etc. ; le tout réglé par
une lanterne-phare entièrement obscure.

Par M. Ernestine de Breuille,

PERSONNAGES.

M. DARANGOSSE, banquier retiré, de Paris	MM. PALAISSEAU.
LE CHŒUR IMPERIAL	VRAIN.
LA FOIRE S.-ROMAIN { Aline	JANSS.
Un Prestidigitateur	Biceuil.
Un Charlatan Italien	Bénard.
Un moutardier de Pâquesmans.	Foye.
LA DANSEUSE DÉFAILLANCE.	Brooxie.
OSCAR, amoureux d'Euphrasie.	FÉLIX DUBET.
LE TREMBLEMENT DE TERRE DU 1er AVRIL.	CLÉMENT.
BIROCCARD.	DELFAUVY.
LE THÉÂTRE-D'ORLÉANS	DESROCHES.
L'ANNÉE 1862	Mme EDMOND.
L'ANNÉE 1872.	PARE.
LA VILLE DE ROUEN.	Edouxle.
LE CHŒUR DU 6 JUILLET	CHOCLIN.
LE THÉÂTRE-FRANÇAIS	PASSANT.
UNE BOHÉMIENNE.	Delille.
LE PROPHÈTE	Eavline.
LA GARDE.	Evara.
EUPHRASIE, femme de M. Palaisseau.	Isax.
LA DANSE.	Mme DEVIS.
GUSTINE	Marie.

Spectateurs, Sauvages bohémiens, Actionnaires de la Banque à échange, etc.

La scène se à Rouen.

PROLOGUE.

Le théâtre représente le cours Boïeldieu. — A droite, arbres, le port. — A gauche, le Théâtre-des-Arts. — En face, au fond, la colonne-phare non allumée. — Le jour tombe.

SCÈNE Ire.

M. BALANÇOIRE, EUPHRASIE, TOTO, NINI, JUSTINE, Nombreux Promeneurs.

M. BALANÇOIRE.

Enfin ! nous voici donc arrivés à Rouen, patrie de Corneille et de Boïeldieu, dont nous foulons le cours, si j'en crois ce monument dont la forme coquette rappelle assez les Vespasiennes de Paris. •

EUPHRASIE.

Pourvu que nous trouvions un logement ici !

M. BALANÇOIRE.

Il doit y en avoir.... Ah ! ce n'est pas comme à Paris, il n'y en à plus maintenant, tout est pris, et nous avons été obligés de nous sauver.

EUPHRASIE.

De nous expatrier !

M. BALANÇOIRE.

Nous ne retrouverons pas ici les choses qui nous rendaient Paris si agréable... (à part) Victoire !....

EUPHRASIE, à part.

Oscar !...

M. BALANÇOIRE.

Ah ! Paris ! Paris !.... Rends-moi mon petit logement qui me plaisait tant !

Air : *Je loge au quatrième étage.*

Nous logions au troisième étage,
A côté d' la ru' d' Rivoli ;
Justine faisait not' ménage
Et soignait Toto comm' Nini.
Le bonheur, l'amour (à part) et Victoire
Habitaient sur le mêm' palier....

EUPHRASIE.

Taisez vous, monsieur Balançoire,
Tout peut ici se retrouver.

Bien souvent, dans le parc d'Asnières,
Vous alliez faire un petit tour....
(à part.)
Alors, cédant à ses prières,
D'Oscar j'autorisais la cour.
Je garde sa chère mémoire :
Pourvu qu'il n'aill' pas m'oublier !

M. BALANÇOIRE.

Taisez-vous, madam' Balançoire,
Tout peut ici se retrouver.

EUPHRASIE.

Ah ! je ne crois pas !... Enfin, puisque nous y voilà, faisons contre fortune bon cœur. (*Un commissionnaire passe avec des paquets*). Ah ! voilà le commissionnaire ! Justine, suivez-le jusqu'à l'hôtel, avec Toto et Nini, et couchez les enfants.

(Justine sort avec Toto et Nini.)

SCÈNE II.

M. BALANÇOIRE, EUPHRASIE, *puis* OSCAR.

M. BALANÇOIRE.

Dis donc, Phrasie, as-tu remarqué ces gros vaisseaux qui sont dans le port? Dire que ça va sur la mer ! A propos de la mer, ne trouves-tu pas que l'air a l'air salé ici ?

EUPHRASIE.

Oui, ça donne appétit.... Tiens ! *mosieu* Oscar !...

M. BALANÇOIRE.

Oscar qui ?

EUPHRASIE.

Oscar, quoi !... *mosieu* Oscar qui venait si souvent chez nous, à Paris.... un commis de nouveautés.

M. BALANÇOIRE.

Ah ! oui.... oui....

OSCAR, *s'avançant.*

Je ne me trompe pas ! c'est monsieur Balançoire, ce bon monsieur Balançoire, cet excellent monsieur Balançoire et son épouse !

M. BALANÇOIRE.

Ah ! vous voilà ici, jeune homme, flânant et abattant des noix dans la patrie de Corneille ?... eh ! eh !

OSCAR.

Oui, c'est mon pays. J'y suis venu faire une petite visite au papa. Ah ça ! puisque vous êtes ici, je vais vous montrer ma ville et vous en faire les honneurs, si vous le voulez bien?

EUPHRASIE, *vivement.*

Mais comment donc, avec plaisir !

(On allume la colonne-phare).

M. BALANÇOIRE , *à Euphrasie*.

Tais-toi donc , bobonne , tais-toi donc, c'est indécent !.. (*Haut.*) Volontiers, jeune-homme.... Tiens ! c'est singulier ! depuis qu'on a allumé cette lanterne, on y voit moins clair qu'auparavant !

OSCAR.

Oui, l'inventeur du phare du cours Boïeldieu n'a pas eu son brevet pour autre chose.

M. BALANÇOIRE.

Ah ! à quoi ça sert-il, ce phare ?

OSCAR.

Je vais vous le dire :

AIR : *Final de Renaudin de Caen.*

Monsieur, je vous le dis sans *fard,*
Ce phare est utile à l'ivrogne
Qui, la nuit, vient cacher sa trogne
Au fond de la barraque-HAULARD ;
Les amateurs de *fariboles*
Viennent lire sur les vitraux,
De transparentes gaudrioles
Qu'on dédaigne dans les journaux ;
Des réclames de *phar*maciens
Pour écouler leurs médecines,
Ou des annonces assassines
De décorateurs de Prussiens.

M. BALANÇOIRE.

Comment cela ?

OSCAR.

Oui, les tailleurs s'appellent ainsi depuis qu'on ne les paie plus, parce qu'ils disent qu'ils travaillent pour le roi de Prusse.

(*Suite de l'air.*)

On voit partout cet éclairage :
En Bretagne est le *far*fadet ;
En Italie il est d'usage
De jouir d'un *far*-niente complet.
En Gascogne on a le *far*ceur ;
En Amérique, la *far*ine
Des négrillons est la cuisine,
Pour dissimuler leur noirceur !

M. BALANÇOIRE.

Mais, mon cher, dite-moi, les phares
Que l'on trouve au bord de la mer,
Ont-ils ces annonces bizarres
Qui vous empêchent de voir clair ?

OSCAR.

Non pas !.... Vraiment, ce serait beau !
Ils ne ressemblent pas aux nôtres :
Et pour les distinguer des autres,
On les appelles de *phares d'eau.*

M. BALANÇOIRE.

Diable ! jeune-homme, vous avez réponse à tout !

OSCAR.

Ah çà , comment allons-nous passer la soirée ? Voulez-vous venir au spectacle ?

M. BALANÇOIRE.

Ah ! volontiers !... Je suis curieux de voir si c'est comme à Paris.

OSCAR.

Si vous aimez l'opéra, je vous ferai entendre, au Grand Théâtre, des airs....

EUPHRASIE.

Comment, au Grand Théâtre désert ?

OSCAR.

Laissez-moi achever, madame, des airs d'opéra , chantés par des artistes de beaucoup de talent.

M. BALANÇOIRE.

A la bonne heure ! Je disais aussi : Grand Théâtre désert.... Mais non, je préfère autre chose, je n'aime pas la musique.

OSCAR.

Nous avons aussi le Théâtre Impérial du Cirque.... où l'on joue *Masséna ou l'Enfant chéri de la Victoire.*

M. BALANÇOIRE , *d'un air fat.*

L'enfant chéri de la Victoire.... connu.... connu. (*A part.*) Le jeu de mots est mauvais , mais il me flatte. Pauvre Victoire ! quel abus on fait de ton nom !..

OSCAR.

Enfin nous avons le Théâtre-Français, qui est le théâtre du Palais-Royal normand.... on y dit des bêtises....

M. BALANÇOIRE.

Et on y fait des....

EUPHRASIE.

Calembourgs !...

OSCAR.

Précisément !

M. BALANÇOIRE.

Adopté pour le Théâtre - Français !... Qu'est-ce qu'on y joue ?

OSCAR.

Une Revue normande, où, sans bouger de votre place , vous connaîtrez tout Rouen dans une heure et tout ce qui s'y est fait de remarquable pendant l'année.

M. BALANÇOIRE.

En route alors, en route !

AIR : *Bon voyage, M. Dumolet.*

Viens, bobonne,
Au Théâtr'-Français,
Nous y rirons, ce soir, Dieu me pardonne !
Viens, bobonne,
Au Théâtr'-Français,
Nous y rirons, va, je te le promets !

(*Une marchande de violettes passe et offre ses fleurs à Euphrasie.*)

EUPHRASIE.

Eh bien ! alors, achet'-moi d' la violette.

OSCAR.

C'est inutil', l' marché des Éperlans,
Qu'est just' en fac' de cett' salle coquette,
Vous jette assez de parfums enivrants !
(Le phare s'écroule.)

M. BALANÇOIRE.

Tiens ! le phare s'est écroulé ! Ah ! ma
foi ! je ne pleurerai pas sur sa cendre....
Allons ! en route pour le Théâtre-Français !

ENSEMBLE.

M. BALANÇOIRE.

Viens, bobonne,
Au Théâtr'-Français,
Nous y rirons, ce soir, Dieu me pardonne !
Viens, bobonne,
Au Théâtr'-Français,
Nous y rirons, va, je te le promets,

OSCAR, à part.

Oui, l'on donne
Au Théâtr'-Français
Une bonn' farc', ce soir, Dieu me pardonne !
Oui, l'on donne
Au Théâtr'-Français
Une bonn' farc', dont il fera les frais.

EUPHRASIE.

Qu'on m'abonne
Au Théâtr'-Français,
Si l'on y rit, c'est que chaqu' pièce est bonne ;
Qu'on m'abonne
Au Théâtr'-Français,
Et je suis sûr' de n'avoir pas d' regrets.

(Ils sortent. — La toile tombe.)

FIN DU PROLOGUE.

DANS LA SALLE,

AUX PREMIÈRES ET AU PARQUET.

M. BALANÇOIRE.

Ouf ! me voici enfin arrivé !... Eh bien !
qu'est-ce qu'on me disait donc, qu'on ne
pouvait pas marcher à Rouen à cause de
la neige ?.. Je vois qu'au contraire le service
est parfaitement fait !... Tiens ! c'est gentil,
ce théâtre !... Eh bien ! quoi ! qu'est-ce
qu'il y a ? Tout le monde me regarde !...
Ah ! bah ! qu'est-ce que ça fait ? la toile n'est
pas encore levée.... Eh ! mais, je ne me
trompe pas ! c'est Oscar que je vois là,
aux stales ?... Hé ! pstt !... pstt !.. Oscar !...

OSCAR.

Hein ! quoi ! qui m'appelle ? Ah ! c'est
vous, monsieur Balançoire ?... êtes-vous bien
placé ?... Où est donc votre femme ?

M. BALANÇOIRE.

Mon cher, je l'ai perdue dans la foule.
Vous ne l'avez pas vue ?

OSCAR.

Non ! je voulais arriver à temps....

M. BALANÇOIRE.

Moi aussi !... Ma foi ! elle s'en retournera
à l'hôtel... Le rideau n'est pas encore levé,
bravo !

(On entend trois coups derrière la toile).

OSCAR.

Chut ! ça commence !

(Musique à l'orchestre).

M. BALANÇOIRE.

Bonne musique ! bonne musique !
(Le rideau se lève.)

ACTE I.

Le théâtre représente la prairie des Emmurées. — On gonfle un ballon dans le fond.

SCÈNE Ire.

LA MUSE DU THÉÂTRE-FRANÇAIS.

Je suis la Muse du Théâtre,
Toujours gaie et toujours folâtre,
Et que, messieurs, vous aimez tous !
La vieille Muse de vos pères,
De faux penseurs qui n'aimaient guères
Que la joie et les rires fous.

Hélas ! on me crut longtemps morte ;
En vain frappait-on à la porte

De ma solitaire maison,
Je restais toute ensommeillée....
Quand un jour je fus réveillée
Par les éclats d'une chanson...

C'était un vieux vaudevilliste
Qui, se trouvant un peu trop triste,
Me dit : Commère, allons, debout !
Prêtez-moi votre vieille lyre,
Je veux encore une fois rire
Depuis qu'on ne rit plus du tout.

Je lui répondis : Mon pauvre homme,
Je viens de faire un rude somme,

Mais vous voilà ; rions un peu !
Et contez-moi ce qui se passe :
L'esprit a-t-il changé de face ?
Et l'Amour est-il toujours Dieu ?

Ma vieille, me dit le compère,
Depuis ma visite dernière,
Savez-vous que tout a changé ?
Plus de flonflons, c'est la romance ;
Adieu la vieille contredanse !
L'amour même est un préjugé.

Chacun aujourd'hui s'extasie
De la sévère poésie ;
D'un auteur qui vous dit crûment
Que, dans l'affreux temps où nous sommes,
On ne voit plus d'honnêtes hommes,
Et qu'avant l'HONNEUR est l'ARGENT.

D'un autre auteur qui sans scrupule,
Et méprisant le ridicule,
Vient frapper, à bras raccourci,
Sur une fille qu'il appelle
FILLE DE MARBRE ! — La cruelle
L'appelait cœur de bronze, aussi !

Enfin, plus de chansons frivoles,
Plus de ces mille choses folles,
Tout cela dort dans le tombeau,
Et le meilleur esprit de France,
Dans notre siècle de science,
Est encor au fond du CAVEAU !

A ces mots, pleine de colère,
Voulant démentir mon compère,
J'accours au Théâtre-Français :
Car ici, messieurs, j'en suis sûre,
Tant pis pour la littérature !
Le rire seul fait les succès.
                              (Elle sort).

SCÈNE II.

LES MÊMES, *dans la salle.—Sur le théâtre :*
MIL HUIT CENT CINQUANTE-TROIS
en vieille femme, MIL HUIT CENT
CINQUANTE-QUATRE *en poupard, su-
çant un bâton de sucre de pommes de
Rouen.*

(Mil huit cent cinquante-trois et Mil huit cent cinquante-quatre entrant ensemble par le fond.)

MIL HUIT CENT CINQUANTE-TROIS.

Ah ! vous raillez les vieillards, monsieur
le poupon !.. Apprenez que ma vie est bien
remplie, et que je n'ai rien à me reprocher

MIL HUIT CENT CINQUANTE-QUATRE.

Possible, mémère ! possible ! mais ce que
vous avez fait de mieux est sans contredit
ce sucre de pommes de Rouen.

MIL HUIT CENT CINQUANTE-TROIS.

Gourmand !... Et pourtant, c'est ainsi

que j'ai commencé. Le premier jour de mon
arrivée, on me combla de bonbons, de
jouets, de chatteries ; mais ce qu'on m'a
donné de meilleur, c'est ce délicieux bon-
bon que tu savoures si voluptueusement ;
il est d'origine normande, du reste, et
c'est un des motifs pour lequel il est
bon.

MIL HUIT CENT CINQUANTE-QUATRE.

Ah ça ! voyons, dites-moi, mémère, est-
ce le jus des pommes qui a donné du génie
à vos grands hommes ? car, en ce cas, je
commence bien....

MIL HUIT CENT CINQUANTE-TROIS.

Sans nul doute !

AIR : *de la Catacoua.*

Oui, vraiment, c'est le jus des pommes
Qui, fermentant dans le cerveau,
Donne du génie aux grands hommes
Dont notre ville est le berceau ;
Le cidre est un jus qui réveille ;
C'est du champagne, sacrebleu !
    Tandis, mon Dieu !
    Que le vin bleu
N'inspire pas et met la tête en feu !
C'est du cidr' que buvait Corneille,
Du cidr' que buvait Boïeldieu !

MIL HUIT CENT CINQUANTE-QUATRE.

Alors, je boirai du cidre.... Maintenant,
voulez-vous me raconter votre vie, pour que,
s'il y a lieu, je prenne exemple sur vous ?

MIL HUIT CENT CINQUANTE-TROIS.

C'est facile !... J'ai rassemblé aujourd'hui,
dans la prairie des Emmurées, toute la po-
pulation rouennaise pour lui donner un
spectacle parisien et entièrement nouveau....
Je veux lui montrer un abrégé de ce qui
s'est passé de remarquable sous mon règne, afin qu'elle ait à juger si j'ai bien
rempli mon mandat. Vois, mon enfant, ju-
ges et profites... si tu peux !

MIL HUIT CENT CINQUANTE-QUATRE.

Avez-vous un programme ?

MIL HUIT CENT CINQUANTE-TROIS.

C'est inutile !.. je t'expliquerai le tout.
Dailleurs, voici l'abrégé de la fête :

AIR : *J'ai vu la meunière du Moulin à vent.*

Tout à l'heure tu vas voir
    Un spectacle étrange ;
Quatre Bosjesmans tout noirs,
    Et la banqu' d'échange ;
Un grêlon du neuf juillet,
Et puis du Cirque un cachet !

MIL HUIT CENT CINQUANTE-QUATRE.

Ah ! comm' ça m'arrange !
L' plaisir est complet !

MIL HUIT CENT CINQUANTE-TROIS.

Les théâtres vont venir
  En cérémonie;
Charles VI viendra gémir
  Sur sa maladie;
Masséna fera frémir,
Et Gribouill' fera plaisir!

MIL HUIT CENT CINQUANTE-QUATRE.

Dieu! ma vieille amie,
Je vais-ty m' divertir!

SCÈNE III.

LES MÊMES, LA VILLE DE ROUEN.

MIL HUIT CENT CINQUANTE-TROIS.

Mon cher Mil huit cent cinquante-quatre, avant de vous initier à mes travaux passés, je juge à propos de vous donner une idée de la ville dont vous allez être le roi pendant trois cent soixante-cinq jours. Madame représente les rues de Rouen; en un instant elle va vous donner un aperçu de votre domaine.

MIL HUIT CENT CINQUANTE-QUATRE.

Quoi! madame, vous êtes la ville de Rouen?

LA VILLE DE ROUEN.

Oui, monsieur, pour vous servir.

MIL HUIT CENT CINQUANTE-QUATRE.

Vous êtes bien belle!... et je suis fier de vous avoir pour sujette! Je suis sûre que je trouverai mon règne trop court.

LA VILLE DE ROUEN, *à part.*

Moutard! ça n'a pas de barbe, et ça fait déjà des compliments aux femmes!

MIL HUIT CENT CINQUANTE-QUATRE.

Eh bien! madame, j'attends avec impatience le détail de vos trésors.

LA VILLE DE ROUEN.

Écoutez donc!

Air: *de l'Écu de France.*

A Rouen voulez-vous vous loger?
  Nous avons bien des rues,
Et comm' vous êtes étranger,
  Voici les plus connues:
    Tous les amoureux,
    Pour êtr' plus heureux,
  Logent ru' des Bell's-Femmes;
    Et la rue aux Ours
    A servi toujours
  Aux détracteurs des dames!

Les charcutiers sont ru' Boudin,
  Les serins ru' d' la Cage;
On voit des ânes cour Martin,
  Et ru' du Haut-Mariage
  On voit des époux

Quinteux et jaloux;
Dans la ru' de la Rose,
  Le fait l' plus certain
  Est que l'on sent bien
  Qu'y n'y en a pas d'éclose!

Les richards sont ru' du Pérou,
  Les dam's ru' d' la Folie;
Les joueurs de poul' ru' du Loup,
  Les porcs ru' de la Truie;
    Tous les gros bouchers,
    Comm' les charcutiers,
  Demeurent ru' Tuvache;
    Messieurs les sapeurs
    Ne log'nt pas ailleurs
  Qu'au cul-d'-sac de la Hache!

Tous ceux qui se donnent des gants
  Logent ru' Ganterie;
Rue d' la Prison, les intrigants,
  Les bavards ru' d' la Pie!
    Presque tous les chats
    Sont ru' Porte-aux-Rats;
  Les ivrogn's ont consigne
    De n' pas se coucher,
    S'ils n' vont chercher
  Du vin ru' de la Vigne!

Les loteri's sont ru' Saint-Lô,
  Les soldats ru' d' l'Épée;
Les porte-faix ru' du Fardeau,
  Les tonneaux ru' Percée;
    Ru' d' Tivoli sont
    Tous les bons garçons
  Amoureux de... musique,
    Et ru' des Mat'las
    Tous ceux qui n'ont pas
  De sommier élastique!

Les laveus's sont ru' du Battoir;
  Dans la ru' des Charrettes
On voit du matin jusqu'au soir
  Circuler des brouettes;
    Rue des Bons-Enfants
    Loge assurément
  La foule ici venue;
    Rue des Iroquois
    Sont tous ceux, je crois,
  Qui n' vienn'nt pas voir la r'vue.

M. BALANÇOIRE.

Hé! pstt Oscar!... ma femme n'est pas là, par conséquent elle n'a pas entendu... J'irai loger rue des Belles-Femmes!

OSCAR.

Taisez-vous donc, il y a encore de la place pour vous cour Martin!

MIL HUIT CENT CINQUANTE-QUATRE.

Madame la Ville de Rouen, je suis reconnaissante de vos renseignements. Dès que vous aurez un vœu à former, faites-moi souvenir que je vous ai promis d'avance de l'exaucer.

(La Ville de Rouen salue et se retire.)

SCÈNE IV.

Les Mêmes, *moins* La Ville de Rouen, *puis*
LE TREMBLEMENT DE TERRE.

(Bruit dans le fond du théâtre.)

PREMIÈRE VOIX DANS LA COULISSE.

Allez-vous-en, on ne passe pas !

DEUXIÈME DANS LA COULISSE.

Empêchez-le donc de passer !

LE TREMBLEMENT DE TERRE.

Ah ! par les obélisque d'Ingouville, je
passerai !

PREMIÈRE VOIX DANS LA COULISSE.

Barrons-lui le passage !

MIL HUIT CENT CINQUANTE-TROIS.

Qu'est-ce que c'est ? qu'est-ce que c'est ?
que voulez-vous, mon brave homme, je ne
vous connais pas !

LE TREMBLEMENT DE TERRE.

Madame Mil huit cent cinquante-trois,
je suis le grand Tremblement de Terre du
Havre, de Dieppe, de Pont-Audemer, etc....
Je crois être assez important pour figurer
dans votre Revue.

MIL HUIT CENT CINQUANTE-TROIS.

Mais c'est une Revue rouennaise, et non
une Revue de toute la Normandie, qui a
lieu ici.

LE TREMBLEMENT DE TERRE.

C'est égal ! on a eu si peur à Rouen, que
c'est comme si j'avais passé par là.... Jugez
un peu des désastres que j'ai causés.... c'est
ce qui m'a réduit à la mendicité....

MIL HUIT CENT CINQUANTE-QUATRE.

Est-il mal mis !... De quel pays êtes-vous,
mon brave homme ?

LE TREMBLEMENT DE TERRE.

Je suis un Tremblement de *Terre Neuve*.

MIL HUIT CENT CINQUANTE-TROIS.

Ça ne m'étonne plus que tous les gens du
Nord mendient !

M. BALANÇOIRE.

Oh ! oh ! Oscar, avez-vous un crayon
pour que j'écrive celui-là ?

OSCAR.

Taisez-vous donc !... Dieu qu'il est em-
bêtant !... quelle balançoire !

M. BALANÇOIRE.

Plaît-il ?

OSCAR.

Je ne vous parle pas !

LE TREMBLEMENT DE TERRE.

Écoutez les malheurs que j'ai produits !

Air des trembleurs.

Le premier avril j'arrive
Et débarque sur la rive ;
D'abord, d'une voix plaintive,
Je demande un logement :
Mais, ô fâcheuse nouvelle !
Point de place ou de ruelle,
De maison ou de tourelle,
Où tout ne soit plein vraiment !

Le froid me rougit la face ;
Mon nez se transforme en glace ;
Je me couche sur la place
Et me mets à trembler fort ;
Mais, voyez la triste affaire !
A mes pieds le réverbère,
Ébranlé, tomba par terre
Et me laissa demi-mort !

On a vu trembler des braves,
Des pianos à six octaves,
Ne retenant plus esclaves
Leurs accords mélodieux :
On entendit, je vous jure,
Valses, polkas, ouverture,
S'exhaler, la chose est sûre,
En trémolos furieux !

Dans toute la Normandie,
Cette même comédie
Avait lieu, et, je vous prie,
Ne m'en croyez pas l'auteur ;
Donnez-moi, dans votre ville,
Pour un jour, un domicile,
Et mon corps, bien plus tranquille,
Ne vous fera plus de peur !

MIL HUIT CENT CINQUANTE-TROIS.

J'accepte votre promesse ;
Mais nous avons une pièce
A laquelle s'intéresse
Un auteur des plus nouveaux ;
Tremblez encor, mon compère,
Jusqu'au moment salutaire
Où la salle tout entière
Tremblera sous les bravos !

LE TREMBLEMENT DE TERRE, *grelottant.*

Allons, encore un peu de courage !

MIL HUIT CENT CINQUANTE-TROIS.

Vous vous croyez un grand fléau, mon
pauvre homme ; mais nous avons été éprou-
vés par des désastres bien plus terribles, bien
plus grands encore, et que nous avons ré-
parés autant que possible....

MIL HUIT CENT CINQUANTE-QUATRE.

Quels désastres ?

SCÈNE V.

Les Mêmes, LE GRÊLON DU 9 JUILLET,
couvert d'un voile noir.

MIL HUIT CENT CINQUANTE-TROIS.

Regardez !

MIL HUIT CENT CINQUANTE-QUATRE.

Ciel ! la grêle !

MIL HUIT CENT CINQUANTE-TROIS.

Oui, la grêle, qui détruit tout, qui ruine
sans remède, la grêle, c'est-à-dire le deuil
et la misère !...

MIL HUIT CENT CINQUANTE-QUATRE.

Et comment avez-vous réparé !...

LE GRÊLON, *jetant son voile et paraissant en
déesse de la Charité.*

Par la charité !

AIR :

A mon appel chacun s'empresse :
Riche, pauvre, vieillard, enfant ;
Chacun apporte à la détresse
L'humb'e obole et l'or éclatant !
Le Rouennais possède une âme
Qui gémit sur l'adversité...
Dans son cœur scintille une flamme :
L'étoile de la charité !

(*Aux galeries et au parterre*).

Pauvres gens, merci ! votre offrande
Vaut les autres, et le bon Dieu
L'aime d'autant qu'elle est moins grande :
Qui donne au pauvre prête à Dieu !
Les vertus qu'on vante sans cesse :
Honneur, décence, probité,
Grandeur d'âme, amitié, noblesse,
Ce n'est rien sans la Charité ?...

(*Aux premières, loges et parquet*).

Merci, merci, femmes du monde
A qui le Ciel a bien voulu
Dispenser d'une main féconde
Et la richesse et la vertu !
Merci de votre sainte aumône !
Ah ! sur le front de la beauté,
La plus séduisante couronne
Est une œuvre de charité !

M. BALANÇOIRE.

Bravo ! bravo ! j'aime les gens de cœur,
moi !... Je demande à me faire naturaliser
Rouennais.

SCÈNE VI.

LES MÊMES, LA BANQUE D'ÉCHANGE,
DEUX HOMMES ACTIONNAIRES ET
DEUX FEMMES ACTIONNAIRES.

LA BANQUE D'ÉCHANGE.

Place ! place à la Banque d'Échange !

AIR *des Comédiens.*

C'est moi, messieurs, moi la Banque d'Échange,
Qui viens chez vous apporter des douceurs ;
Je veux qu'ici dans peu d'instants tout change,
Sur tout j'opère et même sur les cœurs !

PREMIÈRE FEMME ACTIONNAIRE.

Moi, j'ai besoin d'harengs pour ma friture...

DEUXIÈME FEMME ACTIONNAIRE.

Et moi, d'friture pour fair' cuir' mes harengs.

PREMIER HOMME ACTIONNAIRE.

Moi, d'un pal'tot, avec bonne doublure,

DEUXIÈME HOMME ACTIONNAIRE.

Pour un' culott', moi, j'me mets sur les rangs.

LA BANQUE D'ÉCHANGE, *aux femmes.*

Eh bien ! donnez vos harengs à madame
Qui d'sa fritur' vous fera le cadeau,
(*Aux hommes*).
Et vot' culott', si monsieur la réclame,
Donnez-la lui contre son palétot.

(*L'échange s'opère.*)

DEUXIÈME FEMME ACTIONNAIRE.

Mais j'ai besoin d'harengs pour ma friture....

PREMIÈRE FEMME ACTIONNAIRE.

Et moi, d'fritur' pour fair' cuir' mes harengs,

DEUXIÈME HOMME ACTIONNAIRE.

Moi, d'un pal'tot, avec bonne doublure,

PREMIER HOMME ACTIONNAIRE.

Pour un' culott', moi, j'me mets sur les rangs.

LA BANQUE D'ÉCHANGE.

Eh bien ! donnez vos harengs à madame
Qui d'sa fritur' vous fera le cadeau,
Et vot' culott', si monsieur la réclame,
Donnez-la lui contre son palétot.

REPRISE : C'est moi, messieurs, etc.

(*L'échange s'opère de nouveau.*)

Et maintenant, donnez-moi six du cent ?

TOUS.

Comment ? comment ?

LA BANQUE D'ÉCHANGE.

Sans doute !... vous avez changé deux
fois..... je prends trois du cent par échange ;
vous me devez donc six du cent.

M. BALANÇOIRE.

C'est renversant de logique !... Hé ! dites
donc, monsieur, changez-vous les femmes
aussi ?

LA BANQUE D'ÉCHANGE.

Non, monsieur, nous ne sommes pas encore arrivés à ce degré de perfectionnement ;
mais dans peu nous y viendrons, je l'espère !...

M. BALANÇOIRE.

Bon ! je me souviendrai de vous !
(*Musique de saltimbanque à l'orchestre.*)

MIL HUIT CENT CINQUANTE-QUATRE.

Qu'est-ce que c'est que cela ?

MIL HUIT CENT CINQUANTE-TROIS.

La Foire Saint-Romain !

SCÈNE VII.

LES MÊMES, LA FOIRE SAINT-ROMAIN, *composée de:* UN PRESTIDIGITATEUR, UN CHARLATAN ITALIEN, LES SAUVAGES BOSJESMANS ET LEUR MAITRE, ET ARPIN *dit le terrible Savoyard.* — UN AMATEUR.

UN PRESTIDIGITATEUR.

Honorable assistance! je suis élève de Bosco, Conus, Philippe et Robert-Houdin. Je suis connu sur la place. Je ne vous ferai donc point de ces tours vulgaires, connus de tout le monde; ainsi: l'ommelette dans le chapeau, frite! la bouteille inépuisable, coulée! le tour des pigeons, flambé! le châle de Perse, fichu! le tour des poissons, fricassé! etc., etc., etc!!! Tenez, je vais faire plus fort que tout cela... (*A Oscar.*) Prenez une carte... bien, merci!... Vous connaissez bien votre carte?... très-bien! mettez-la dans le jeu... battez-vous même... gardez le jeu... Bien!... Maintenant, une personne de la société veut-elle bien deviner la carte de monsieur... (*A M. Balançoire.*) Vous, monsieur!

M. BALANÇOIRE.

Ah!

LA FOIRE SAINT-ROMAIN.

C'est un as! vous l'entendez!

M. BALANÇOIRE.

Tiens! j'ai deviné! mais ça me pique tout de même!

LA FOIRE SAINT-ROMAIN.

Vous voyez! as de pique! monsieur a parfaitement deviné!

OSCAR.

C'est un compère!

M. BALANÇOIRE.

Ce n'est pas vrai, puisque j'arrive aujourd'hui même de Paris!...

OSCAR.

A la porte! silence aux premières!

(*Musique de charlatan. — Grosse caisse.*)

LE CHARLATAN ITALIEN.

Signor et signora! passanté davanté il vestra casa, z'ai crou qu'il était del mio devoir de vi présenter la tchicoranza dello mio profondo respetto, della mia profonda conziderationé et dello mio servitto!... Vi mi dimanderez pit-être qui ce qui ze souis?... Qui ce qui ze souis?... il est impossibile de vous le diré... Zé souis oune physician famou qu'il s'est élevé alle souprème dégré delle firmamento (*il montre la terre*) et qui de là il est descendou dans les abîmes et les entrailles della terra! (*il montre le ciel.*) Perqué? perquoi? quando!.... Percomposez et décomposez les animaux, les vezétaux, les minéraux en un mot! et vi ferez des découvertes importantibilé per lou bien de l'houmanité souffrante... exempla: Oune Gascoune qu'il avait oune dépôt de vérité alle bout della lingua, ze le mis quinditchi djorni alle redgimo dell' aqua della Garonna... guarrito presto! Alter exempla!.... Oune soldat étranzer qu'il avait des palpitations del cor, perquoi il craignait l'odor della poudra, ze le fis passer sous le drapeau della Franza!... guarrito prestissimo!... Ma! ma! il trait qu'il m'a fait il piou grand honor!... C'est à Berline en Prousse!... z'ontre dans ste ville de Berline, ze demandé la millioure alberze; oun m'endiqua all' Trois-Pon-Couronné. Effectivamento, l'hôtesse il était d'oune amabilité!... oh! qué ravissanta fama!... Le lendemain, ze fis afficer all' quatre coins de Berline que le signor Giuseppe-Marc-Antoni Salvala-Vita, hômo pa poco défigourato, magordomi-basinguambé il était arrivé, et rien que des béquilles et des zambes de bois de tous ceux que z'ai guarrito, ze me souis sauffé six appartements per toto l'hiverno!

M. BALANÇOIRE.

Quel charabia, grand dieu! je n'y ai pas compris un mot! On ne devrait pas garder des artistes qui n'ont pas la moindre notion de la langue française.

OSCAR.

Silence aux premières! Quelle balançoire que cet homme-là!

M. BALANÇOIRE.

Hein! qu'est-ce qui m'appelle!

OSCAR.

On ne vous parle pas!

LE CHARLATAN ITALIEN.

Oune dernière exempla!

AIR *du docteur Isambart.*

Oun' homo qui souffrait des dents,
Dan, dan, dan, etc., etc.,
Ze le guéris en oune instant,
Tan, tan, tan, etc., etc.,
En arraçant, sauf vot' respect,
Schin, na napoun, etc., etc.,
La maçoire et la tête avec,
Ah! ah! ah! ah!

Allez, la mousique!

(*Musique à l'orchestre*).

LE MONTREUR DE BOSJESMANS, *lentement, comme psalmodié.*

Ces gens que vous voyez ici, ce sont les Bosjesmans, dits hommes des buissons!

On les appelle hommes des buissons, parce que ce sont des hommes des buissons. Ces gens sont sauvages, parce que l'on n'a jamais pu les civiliser; ils n'ont aucune religion, parce qu'ils n'adorent aucun dieu! Ces gens ont la tête crépue, parce que leurs cheveux sont comme de la laine. Leur âge! Celui-ci, qui est un homme, peut avoir de quarante-deux à soixante-quatre ans, à quelques années près, deux ou trois ans au plus; celle-là, qui est sa femme, peut avoir de cinquante-trois à soixante-douze ans, à quelques années près, deux ou trois ans au plus; celui-ci, qui est un homme, peut avoir de trente à quarante-cinq ans au plus, à quelques années près, et celle-ci, qui est sa femme, à ce qu'on croit, peut avoir de dix-neuf à quatre-vingt-onze ans au plus, et encore je n'en répondrais pas Maintenant, ils vont vous donner un échantillon de leurs danses. (*Les sauvages dansent, leur maître, fait la musique en frappant sur ses mains.*) Si vous les voyez se détirer les bras, c'est une espèce d'invocation à leur divinité!

M. BALANÇOIRE.

Allons donc! c'est parce qu'ils sont engourdis!

(Après la danse, la vieille Bosjesmane parle vivement à M. Balançoire, qui a peur et qui se lève.)

LE MONTREUR DE BOSJESMANS.

N'ayez pas peur, monsieur, elle vous dit qu'elle vous trouve joli garçon.

M. BALANÇOIRE, *se rasseyant.*

A la bonne heure! car elle m'effrayait!

ARPIN, *en hercule.*

C'est moi que je suis Arpin, dit le Terrible Savoyard! que si l'on veut, je vais vous offrir un échantillon de mes forces. Dabord, messieurses et mesdames, que s'il y a quelqu'amateur de la lutte française-anglaise, de la boxe française-anglaise, de la savatte française-anglaise, ou du chausson français-anglais, que je me charge de le *tomber* dans cinq minutes et que les épaules auront touché!.. que je donne une ceinture d'honneur à celui qui me tombera!

(Lutte comique avec un gros amateur, qui est vaincu.)

L'AMATEUR, *se relevant.*

Cristi! il fait froid tout de même!

M. BALANÇOIRE.

Je crois bien! il est tombé sur l'épaule!

OSCAR.

Silence aux premières!

MIL HUIT CENT CINQUANTE-TROIS.

Vous voyez que notre foire est très-brillante!

MIL HUIT CENT CINQUANTE-QUATRE.

Oui! oui.... Mais j'attends l'arrivée des théâtres avec impatience!

MIL HUIT CENT CINQUANTE-TROIS.

Ils ne vont pas tarder à venir; les voici.

(Tous remontent. — L'orchestre exécute une marche.)

SCÈNE VIII.

LES MÊMES, LE THÉÂTRE DES ARTS, *en grand Turc, appuyé d'un côté sur* LE CACHET, *et de l'autre sur* LE MI-PRIX, *et* LA VILLE DE ROUEN.

MIL HUIT CENT CINQUANTE-QUATRE.

Quel est celui-ci?

MIL HUIT CENT CINQUANTE-TROIS.

C'est le Théâtre-des-Arts! Le grand théâtre!... Voyez comme il est grand!

MIL HUIT CENT CINQUANTE-QUATRE.

Oui, en effet... mais pourquoi est-il vêtu en Turc?

MIL HUIT CENT CINQUANTE-TROIS.

Parce que c'est le plus fort de tous nos théâtres!...

M. BALANÇOIRE.

Ah! oui, on dit fort comme un Turc! Le Théâtre-des-Arts donne des lettres à tout le monde et enfin à Mil huit cent cinquante-quatre.

MIL HUIT CENT CINQUANTE-QUATRE.

Tiens! est-ce qu'il est muet, votre sultan, qu'il parle par correspondance?

MIL HUIT CENT CINQUANTE-TROIS.

Non, mais depuis qu'on lui a attribué le genre littéraire exclusivement, il croit qu'il ne doit parler que par lettres.

MIL HUIT CENT CINQUANTE-QUATRE.

Lisons donc! (*Lisant.*) A madame l'année Mil huit cent cinquante-quatre... madame...

AIR: *Vive la Lithographie.*

J'suis l'Théâtr'-des-Arts!
A moi la joyeuse musique!
Les spectacl's flambarts,
Avec des musiciens chouettards!
Jamais de canards
Dans mon orchestre magnifique,
Et mon opéra
Est comm' jamais on n'en verra!

Le public, content
D'voir prospérer mon entreprise,
Vient me voir souvent:
J'me frott' les mains en l'attendant!
Plus d'un' fois vraiment,
J'ai senti mouiller ma chemise
A forc' de donner
Des cart's à ceux qui veul'nt entrer!

Mais ce n'est pas tout !
Si vous voyiez ma comédie,
    On cite partout
Sa diction pure et son bon goût ;
    On aime surtout
De mon ballet la troup' choisie ;
    C'est ébouriffant
Comm' je procur' de l'agrément !

MIL HUIT CENT CINQUANTE-QUATRE.

Je suis complètement édifiée ! Voici probablement deux *des agréments* de ce théâtre.

LE CACHET.

Oui. Moi, je suis le Cachet !

AIR : *des Cancans.*

    Le cachet,
    Le cachet,
Voilà ce qui nous manquait ;
    Le cachet,
    Le cachet,
Vive, vive le cachet !

Dans mille endroits à la ronde,
Bien du monde se cachait ;
Pour attirer tout ce monde
On inventa le cachet.
    Le cachet, etc.

Pour trois francs, tout' un' famille,
Peut entrer au grand complet :
Le pèr', la mère et la fille,
La bonne et le marmouset.
    Le cachet, etc.

Les artistes de la foire
Prennent plus cher, en effet ;
Ca n' prouv' pas, j' vous pri' de l' croire,
Qu'ils ont autant de cachet.
    Le cachet, etc.

Les prix d'entré' baiss'nt si vite,
Que dans peu ça m'étonn'rait
Que pour rien on n' vous invite
A prendre place au parquet.
    Le cachet, etc.

LE MI-PRIX.

Et moi ! j'suis l'Mi-Prix !... voyons, qu'est-ce qu'en veut ? une première !... à cinq francs !... à cent sous !..., à cent sous !... Personne n'en veut, personne n'en demande ? Eh ben ! quien ! non ! à quatre francs ! à trois francs ! à deux francs ! à trente sous !... à trente sous, voyons ?... Personne ?... Eh bien ! il ne sera pas dit que j'aurai apporté ma marchandise pour la remporter... il est neuf heures du soir !... la soirée s'avance... une ! deux ! trois ! adjugé à vingt sous ! à mi-prix !

Même air.

    Le mi-prix,
    Le mi-prix,

C'est ce qui vous a surpris ;
    Le mi-prix,
    Le mi-prix,
Vive, vive le mi-prix !

Enfoncé, la contremarque !
Voilà les vendeurs surpris !
Pour cinq sous, chos' dign' de r'marque,
On s' balad' dans les galeri's !
    Le mi-prix, etc.

Le cachet est ma cousine,
Mais d'elle je fais mépris ;
Et toujours on m' fait bonn' mine,
Car plus qu'ell' je baiss' mes prix !
    Le mi-prix, etc.

On peut voir la *Favorite*
Joué' tout comme à Paris,
Par des acteurs de mérite,
Et que l'on paie un bon prix !

    A mi-prix,
    A mi-prix,
Vous devez en êtr' surpris ;
    A mi-prix,
    A mi-prix,
Vive ! vive le mi-prix !
        (Reprise en chœur.)

MIL HUIT CENT CINQUANTE-QUATRE.

Votre revue est très-intéressante, mémère ; pour peu que ça continue, vous ne me laisserez rien à innover dans mon règne.

MIL HUIT CENT CINQUANTE-TROIS.

Tenez, vous n'êtes pas au bout. Voici le Cirque Impérial !

SCÈNE IX.

LES MÊMES, LE CIRQUE IMPÉRIAL, *en costume de Masséna,* et BIBOCHARD.

LE CIRQUE IMPÉRIAL.

Oui ! le Cirque Impérial ! et qui, sous son illustre patronage, tâchera de faire connaître à la nouvelle génération les gloires d'autrefois !

AIR : *T'en souviens-tu ?*

Te souviens-tu, public, toi qui m'écoutes,
De l'ancien temps et des anciens combats,
Lorsque, d'assaut, nous prenions cent redoutes,
Que l'ennemi fuyait devant nos pas ?
Viens donc chez moi... Couverte de fumée,
Traînant ses morts sur quelque vieux canon,
Tu la verras, ton invincible armée,
Que guide encor le grand Napoléon !...

C'est qu'aujourd'hui, dans le nouvel empire,
Chacun est fier d'évoquer le passé ;
La jeune armée avec envie admire
L'ancienne gloire et l'oncle trépassé.

Pour raviver cette noble mémoire,
Et rajeunir son héroïque nom,
Son héritier s'entoure de sa gloire :
Il vit encor ! gloire à Napoléon ! ! !

MIL HUIT CENT CINQUANTE-QUATRE.

Mais quel est donc ce vieux grognard
qui l'accompagne ?

MIL HUIT CENT CINQUANTE-TROIS.

C'est Bibochard !

MIL HUIT CENT CINQUANTE-QUATRE.

Bibochard ? Voulez-vous bien, mon vieux,
nous donner une idée du drame que vous
égayez, dit-on, par vos joyeuses facéties ?

BIBOCHARD.

Volontiers !... *(Il prend deux chaises et
met une planche dessus.)* Figurez-vous
un pont.... Je suis peintre et vais m'ins-
taller dessus pour prendre le plan de la
position de l'ennemi..... *(Il monte sur la
planche.)* De tous côtés on me tire des
coups de fusils.... rien ne m'arrête.... Je
termine mon dessin, et tout à coup !... *(La
planche casse, il tombe par terre. Se relevant.)* Voilà le succès de la pièce !...

M. BALANÇOIRE.

C'est renversant !

BIBOCHARD.

N'est-ce pas, que *ma scène a* produit
de l'effet ?

Musique légère à l'orchestre.

MIL HUIT CENT CINQUANTE-QUATRE.

Qui s'annonce d'une façon si gaie ?

MIL HUIT CENT CINQUANTE-TROIS.

C'est le joyeux Théâtre-Français !

MIL HUIT CENT CINQUANTE-QUATRE.

Honneur à lui !

SCÈNE X.

LES MÊMES, LE THÉATRE-FRANÇAIS, M.
ET Mme DENIS.

LE THÉATRE-FRANÇAIS.

AIR : *J'ai du bon tabac.*

Le Théâtr'-Français est un gai compère,
Il a de l'esprit comme on n'en voit pas ;
C'est un gaillard, toujours égrillard,
Qui se lève tôt et se couche tard,
Et bien qu'il soit grand comm' un' tabatière,
On prise beaucoup ses joyeux ébats !

AIR *de M. Dumolet.*

O Gribouille !
Faut-il chanter
Tes gais refrains connus jusqu'à la Bouille ?
O Gribouille !
Faut-il chanter
Tes rigaudons qui vinr'nt nous enchanter

Cadet-Roussel, Gribouille et compagnie,
Et Dumollet que j'oubliais ici,
Ne croyez pas, mes amis, je vous prie,
Que trent' succés se terminent ainsi !
O Gribouille !
Nous reprendrons
Tes gais refrains connus jusqu'à la Bouille ;
O Gribouille !
Nous reprendrons
Tes rigaudons et tes joyeux flonflons !

M. DENIS.

AIR : *de M. et Mme Denis.*

Dans Cadet Roussel jadis
Vous nous avez applaudis ;
J'en fus très-reconnaissant,
(*à Mme Denis.*)
Souvenez-vous-en !
Souvenez-vous-en !

(*Au public*).

Dans ce jour est-c' que j' pourrais
Compter sur un mêm' succés ?

PLUSIEURS VOIX.

Le ballon est gonflé ! le ballon est gonflé !

UNE VOIX.

Y a-t-il des amateurs pour l'ascension ?

Le Théâtre-des-Arts se présente.

MIL HUIT CENT CITQUANTE-QUATRE.

Quoi ! le Théâtre-des-Arts va s'envoler
dans les airs !

M. BALANÇOIRE.

Parbleu ! puisqu'il joue l'opéra !

OSCAR.

Silence aux premières !

Le Théâtre-des-Arts monte dans le ballon.

M. BALANÇOIRE.

C'est étonnant comme leur ballon res-
semble à une citrouille que j'ai vue dans la
Poissarde.

(Il sort.)

OSCAR.

Il est parti ! je cours rejoindre Euphrasie qui m'attend chez Boulan.

(Il sort.)

UNE VOIX

Lâchez tout ! lâchez tout !

Le ballon s'élève et disparaît avec le Théâtre-des-Arts.

LA VILLE DE ROUEN.

Mais vous m'aviez promis quelque chose.

MIL HUIT CENT CINQUANTE-QUATRE.

C'est vrai ! et je vais tenir ma promesse ; je suis trop nouvelle chez vous pour connaître vos besoins, formez un souhait et je l'exaucerai.

SCÈNE XI ET DERNIÈRE.

TOUS LES ACTEURS *moins* LE THÉATRE-DES-ARTS.

M. BALANÇOIRE, *arrivant en scène.*

Ah ! bravo ! très bien ! mes amis ! je vous adresse mes sincères félicitations ! ma femme n'est pas là ! mes enfants sont couchés, je suis parfaitement libre, je vous invite tous à souper.

TOUS.

Nous acceptons !

LA BANQUE D'ÉCHANGE.

Dites donc ! je vous changerai votre femme !

LA FOIRE SAINT-ROMAIN.

Vous entrerez pour rien dans mes barraques.

LA VILLE DE ROUEN.

Je vous trouverai un logement dans le quartier Martainville, du côté des eaux de Robec. (*A part.*) Tout est démoli.

LE CACHET.

Je vous donnerai une série de cachets.

LE MI-PRIX.

Et moi une entrée à neuf heures.

BIBOCHARD.

Je vous montrerai la bataille d'Austerlitz, telle qu'on la représente chez nous !.... (*à part*) derrière la toile !

LE TREMBLEMENT DE TERRE.

Et moi je ne vous ferai pas trembler !

M. BALANÇOIRE.

Merci ! merci ! mes bons amis ! allons d'abord souper !

MIL HUIT CENT CINQUANTE-QUATRE.

Attendez ! auparavant faisons quelques promesses au public.... et surtout tâchons de les tenir plus tard !

VAUDEVILLE FINAL.

AIR : *Gai, gai, gai, mon officier.*

Eh ! gai ! gai ! gai ! réjouissons-nous !
L'année
Est écoulée !
Eh ! gai ! gai ! gai ! réjouissons-nous !
Rions comme des fous !

LE TREMBLEMENT DE TERRE.

Désormais , sur la terre,
Personn' ne tremblera,
Sauf ceux qui s'mett'nt à faîre
Des pièc's comme cell'-là.

LA BANQUE D'ÉCHANGE.

Tout se chang'ra j'espère ,
D'ici très-peu de temps...

M. BALANÇOIRE.

Monsieur, pour nous complaire ,
Changez-nous donc le temps.

LE THÉATRE-FRANÇAIS.

Personne sur la Seine,
N'ose plus se risquer,
Depuis que sur not' scène
On voit la glac' craquer.

ARPIN.

D'vous montrer bons apôtres,
Messieurs, j' viens vous prier ;
Moi qui tombe les autres,
N'allez pas me tomber.

LA VILLE DE ROUEN.

La mer, pour nous complaire ,
Viendra jusque chez nous,
Et le Havre, j'espère ,
En mourra de courroux.

M. BALANÇOIRE.

Si la neige entassée
Ne nous caus' plus d' frayeurs,
C'est que la dégelée
Vaut mieux qu'les balayeurs.

LE CACHET.

Avec une série
Je donne désormais
Un billet de lot'rie ;

M. BALANÇOIRE.

J'aime autant les cachets !

LE MI-PRIX.

A mi-prix quand je comble
Ma salle d'opéras,
Si ma joie est au comble,
Ma caisse ne l'est pas.

LE CHARLATAN ITALIEN.

Plus de grêle enragée,
Pourquoi la terre un jour
N' s'rait-elle pas vaccinée
Comme nous, à son tour?

(La vieille Bosjesmane veut dire aussi son couplet
final, mais en est empêchée par le charlatan italien,
sous prétexte qu'elle ne sait pas la langue française).

LE PRESTIDIGITATEUR.

L'auteur vient de me dire :
Veuillez m'escamoter
Un franc succès de rire.....
Daignez le contenter ?

M. BIBOCHARD.

Sur cent vill's qu'on renomme,
Quand pour juge on m' prendra,
Rouen seule aura la pomme !
Elle est pommée, cell'-là !

LE CIRQUE IMPÉRIAL.

Si jamais les Cosaques
Venaient jusque chez nous,
Ce s'rait sur leurs casaqués
Que tomb'raient tous nos coups !

MIL HUIT CENT CINQUANTE-TROIS.

Si la neige traîtresse
Signale mes vieux ans,
C'est qu'hélas ! la vieillesse
Porte des cheveux blancs.

MIL HUIT CENT CINQUANTE-QUATRE.

Messieurs, si la Revue
Que vous venez d'ouïr,
Vous semble bien venue,
Veuillez nous applaudir.

(Reprise *de gai, gai, etc.*)

FIN DE LA REVUE ROUENNAISE.

Rouen. — Imprimerie de H. RENAUX, rue de l'Hôpital, 25.

SOUS PRESSE

ALMANACH DE LA VILLE DE ROUEN

ET DE LA SEINE-INFÉRIEURE,

POUR 1861,

HISTOIRE, LITTÉRATURE, ARTS, INDUSTRIE, COMMERCE, ANNONCES

AVEC UN

TABLEAU ALPHABÉTIQUE DES RUES DE ROUEN,

Par tenants et aboutissants.

La dernière partie de cet Almanach est exclusivement
consacrée à un grand nombre de *renseignements indispen-
sables* tant aux habitants qu'aux personnes étrangères à
la ville de Rouen.

www.ingramcontent.com/pod-product-compliance
Lightning Source LLC
Chambersburg PA
CBHW051315050726
47595CB00008B/3562